KB035817

스탠리와 요술램프

SEOUL, 2002

스탠리와 요술램프

초판 제1쇄 발행일 2002년 6월 5일
초판 제72쇄 발행일 2022년 3월 20일
글 제프 브라운 그림 설은영 옮김 지혜연
발행인 박헌용, 윤호권 발행처 (주)시공사
주소 서울시 성동구 상원1길 22, 6-8층 (우편번호 04779)
대표전화 02-3486-6877 팩스(주문) 02-585-1247
홈페이지 www.sigongsa.com/www.sigongjunior.com

그림 ⓒ 설은영, 2002

STANLEY AND THE MAGIC LAMP
Text copyright ⓒ 1983 by Jeff Brown
All rights reserved.
Korean translation copyright ⓒ 2002 by Sigongsa Co., Ltd.
This Korean edition was published by arrangement with Harold Ober
Associates Inc., New York through Eric Yang Agency, Seoul.

이 책의 한국어판 저작권은 Eric Yang Agency를 통해
Harold Ober Associates Inc.와 독점 계약한 (주)시공사에 있습니다. 저작권법에 의해
한국 내에서 보호받는 저작물이므로 무단 전재와 무단 복제를 금합니다.

ISBN 978-89-527-8641-8 74840
ISBN 978-89-527-5579-7 (세트)

*시공사는 시공간을 넘는 무한한 콘텐츠 세상을 만듭니다.
*시공사는 더 나은 내일을 함께 만들 여러분의 소중한 의견을 기다립니다.
*잘못 만들어진 책은 구입하신 곳에서 바꾸어 드립니다.

KC마크는 이 제품이 공통안전기준에 적합하였음을 의미합니다.
제조국 : 대한민국 사용 연령 : 8세 이상
책장에 손이 베이지 않게, 모서리에 다치지 않게 주의하세요.

제프 브라운 글 · 설은영 그림 · 지혜연 옮김

시공주니어

차 례

엘리자베스 토빈에게

스탠리와 요술램프

요술 나라 대왕의 고민

옛날 옛날, 지금과 같은 사람들이 이 세상에 살기 훨씬 전에 요술 나라가 있었습니다. 그 곳에 사는 사람들은 영원히 죽지 않았으며, 나랏일을 맡아 보는 중요한 위치에 있는 사람들은 다 요술쟁이였습니다. 물론 대부분은 착한 요술쟁이였습니다. 몇 명 되지는 않았지만 못된 요술쟁이들은 동굴 속이나 깊은 물 속에 숨어 지내면서 모습을 드러내지 않았습니다. 위대한 요술 대왕의 눈 밖에 나지 않기 위해서였답니다. 요술 나라 대왕은 수없이 많은 탑과 정원,

그리고 거울처럼 비춰 볼 수 있는 연못이 있는 궁전에 살며 나라를 다스렸습니다.

위대한 요술 나라 대왕은 개구쟁이 왕자들에게 아주 너그러웠는데, 여왕은 그런 대왕이 못마땅했습니다. 그래서 어느 날 여왕은 대왕이 새로운 마술 주문에 관한 보고서와 제안들을 검토하는 동안 이야기를 꺼냈습니다.

"제발 왕자들한테 좀 엄하게 하세요!"

여왕은 방에 걸린 요술 거울의 위치를 바로잡으면서 이야기를 계속했습니다.

"어쩌시려고 그러세요! 언젠가는 사람들의 소원을 들어 주어야 할 왕자들이에요. 얼마나 중요하고 신중해야 하는 일인데요."

"그만 좀 해 둬요! 부인은 왕자들에게 너무 엄해서 탈이오!"

대왕은 그렇게 말하더니, 곧 이맛살을 찌푸리면서

덧붙였습니다.

"하긴, 이 보고서를
보니 한 왕자의 행실에
문제가 있긴 있나 보군."

"하라즈죠? 하여간 얌전
히 있질 않으니……."

여왕이 말했습니다. 대왕은
하라즈 왕자에게 텔레파시를 보
내 당장 건너오라고 명령했습니다. 요술 나라에서는
대왕이 누구를 부를 때 그렇게 텔레파시만 보내면
되었답니다. 잠시 후 하라즈 왕자가 대왕이 일을 보
는 방으로 날아 들어왔습니다. 왕자는 세 바퀴 공중
돌기를 하고는 대왕 앞의 공중에 멈췄습니다.

"무슨 문제라도 있나요?"

왕자가 씩 웃으며 물었습니다.

"문제야 항상 너지! 당장 이리로 내려오너라!"

여왕이 대답했습니다.

"아무 문제도 없는데……."

하라즈 왕자는 바닥에 내려 서며 대꾸했습니다.

대왕이 앞에 놓인 보고서를 툭툭 치면서 말했습니다.

"듣자하니 요즘 왕자가 요술로 장난을 친다고? 그것도 아주 곤란한 장난 같더구나. 군대의 날아다니는 양탄자를 빙빙 돌려서 군사들이 모두 혼이 빠졌다면서?"

하 라 즈 는 깔깔 웃으면서 대답했습니다.

"정말 얼마나 재미있었는지 몰라요!"

"그리고 수석

마법사가 중요한 주문을 외는데 요술지팡이를 소시
지로 만들었다고? 그게 사실이냐?"

"하하! 그 분의 표정을 직접 보셨어야 해요."

그러자 여왕이 버럭 소리를 질렀습니다.

"지금 웃음이 나오니? 창피한 줄도 모르고! 정말
호되게 벌을 받아야겠구나!"

하지만 대왕은 왕자 편을 들었습니다.

"부인, 아직 철없는 아이잖소. 이제 겨우 200살밖
에 되지 않았는데……."

"또 무슨 짓을 했는지 알게 뭐예요."

이번에는 여왕이 요술 거울 쪽으로 돌아서서 물었
습니다.

"거울아, 거울아, 하라즈 왕자가 또 어떤 어리석은
장난을 쳤느냐?"

말이 끝나자마자 요술 거울은 여왕의 얼굴과 드레
스 앞자락에 사과 주스를 뿜어 댔습니다.

"우우우욱!"

여왕은 휙 돌아서서 화를 냈습니다.

"세상에! 이게 다 누구짓인지 뻔하잖아요!"

하라즈 왕자는 깊이 뉘우치는 표정을 지어 보이려
했지만 이미 때는 늦었습니다.

일이 그쯤 되자 대왕도 호통을 쳤습니다.

"정말 안 되겠구나! 이 못된 말썽꾸러기, 램프의 벌을 받아야겠다! 천 년 동안 램프에 들어가 지내도록 해라."

그러고는 여왕에게 물었습니다.

"어떻소? 그만 하면 되겠소?"

그러자 여왕은 얼굴을 닦으면서 단호하게 말했습니다.

"이천 년으로 하세요."

1. 램프의 요술쟁이, 하라즈 왕자

스탠리 램촙이 한밤중에 게시판이 몸에 떨어져 납작이가 되었다가 회복된 지도 거의 일 년이 되었습니다. 램촙 씨 가족은 그 후 매일매일 아주 편안하고 즐겁게 지내고 있었습니다.

어느 날 저녁 식사를 끝내고 램촙 씨는 거실에서 신문을 읽고 있었습니다. 그러다 문득 고개를 들어 양말을 깁고 있는 아내에게 말했습니다.

"이러고 있으니 참 좋군. 나는 당신과 함께 앉아 신문을 읽고, 아이들은 방에서 공부를 하고 말이오."

램촙 부인이 말했습니다.

"공부를 하고 있으면 얼마나 좋겠어요. 아이들이 어떻게든 공부를 하지 않으려고 꾀를 부려서 걱정이에요."

램촙 씨는 껄껄 웃으며 대답했습니다.

"녀석들이 호기심이 많아서 그래요."

스탠리와 아서는 방에서 숙제를 하고 있었습니다. 두 형제는 모두 잠옷 차림이었는데, 아서는 잠옷 위에 '마이티 맨' 티셔츠를 입고 있었습니다. 아서는 그래야 집중이 잘 된다고 생각했답니다.

두 형제는 책상을 사이에 두고 마주 앉아 있었는데, 책상 위에는 주전자처럼 생긴 물건이 하나 놓여 있었습니다. 동글납작한 몸통에 주둥이는 부드럽게 휘어지고 뚜껑에는 손잡이가 달려 있었습니다. 그 주전자는 얼마 전 가족이 함께 바닷가에 놀러 갔을 때, 파도에 실려서 스탠리의 발 밑으로 밀려왔던 것입니다. 램촙 부인은 오래된 가구나 그릇들을 매우 좋아했기 때문에, 스탠리는 엄마에게 생일 선물로 드리려고 그 주전자를 주워 두었습니다. 이제 램촙 부인의 생일도 일 주일밖에 남지 않았습니다.

램프는 진한 초록색으로 칠해져 있었는데 색이 바랜 금속 줄무늬가 어렴풋이 보였습니다. 스탠리는 문지르면 윤이 날까 싶어 잠옷 소매로 주전자 뚜껑을 문질러 보았습니다.

그러자 갑자기 '펑' 하는 소리와 함께 주전자 주

둥이에서 검은 연기가 뿜어져 나왔습니다.

아서가 놀라 소리쳤습니다.

"앗! 터지려나 봐!"

"주전자가 어떻게 터지니?"

스탠리는 또다시 주전자를 문질러 보았습니다.

"난 그냥……."

펑! 펑! 펑! 이번에는 터지는 소리가 연달아 나더니 검은 연기가 더 많이 뿜어져 나왔습니다. 연기는 책상 위로 작은 구름을 만들었습니다.

"조심해! 으악!"

아서가 소리쳤습니다. 검은 구름은 소용돌이치며 색깔이 검은색에서 점점 갈색과 푸른색으로 변했습니다. 그러더니 구름이 조금씩 걷히면서 팔, 다리, 머리가 차례로 드러났습니다.

"준비가 되셨건 말건 이제 나갑니다!"

맑고 또렷한 소년의 목소리가 들렸습니다. 연기

구름은 어느 새 말끔히 사라지고, 명랑해 보이는 비
쩍 마른 남자 아이가 책상 위에 떠 있었습니다. 소년
은 머리에 장식이 달린 수건을 두르고, 헐렁한 푸른

색 셔츠에 이상하게 생긴 펄럭거리는 갈색 바지를 입고 있었습니다. 그런데 한쪽 바짓가랑이가 주전자 주둥이에 끼여 있었습니다.

소년이 한쪽 다리를 흔들어 빼며 말했습니다.

"맙소사! 펑 소리도 제대로 내고 무시무시한 구름도 잘 만들었는데 끝에 와서 이게 뭐람……. 아, 이제 됐네!"

마침내 주전자 주둥이에 끼인 바짓가랑이가 빠지자 소년은 바닥으로 휙 내려 서더니, 스탠리와 아서에게 넙죽 절을 했습니다.

"어느 분이 문지르셨습니까?"

소년이 물었습니다. 그러나 두 형제는 놀라서 아무 말도 나오지 않았습니다.

"음, 누군가 틀림없이 램프를 문지르긴 했을 텐데. 아시다시피 램프의 요술쟁이는 불러야 나오지 그냥 나타나는 법은 없거든요."

말을 마치자 소년은 다시 절을 했습니다.

"안녕하세요? 저는 파우지 무스타파 아슬란 미르자 멜렉 나메르드 하라즈 왕자입니다. 그냥 하라즈 왕자라고 부르면 됩니다."

아서는 '헉' 하고 숨을 멈추더니 침대 밑으로 뛰어들어가 숨어 버렸습니다.

하라즈 왕자가 물었습니다.

"저 분은 왜 저러죠? 그건 그렇고 당신은 누구십니까? 그리고 제가 와 있는 이 곳은 어디지요?"

"전 스탠리 램촙이고 여기는 미국이에요. 그리고 침대 밑에 있는 아이는 아서예요."

하라즈 왕자가 말했습니다.

"저를 별로 반가워하지 않는 것 같아 섭섭한데요. 램프 안에 갇혀 있다가 겨우 나왔는데 말입니다."

하라즈 왕자는 뒷목을 쓰다듬으며 계속 말했습니다.

"세상에! 천 년 동안이나 무릎을 턱에 대고 있어야 하다니! 오늘에야 처음으로 쉬어 보는군."

아서가 침대 밑에서 중얼거렸습니다.

"내가 제 정신이 아닌가 봐. 의사 선생님께서 오실 때까지 가만히 누워 있어야지."

스탠리가 말했습니다.

"하라즈 왕자님, 사실 당신은 우연히 여기 오게 된 거예요. 우린 이 주전자같이 생긴 것이 램프인 줄도 몰랐어요. 제가 램프를 문질러서 당신이 나온 건가요? 무언가 터지면서 나온 연기가 왕자님으로 변한 거예요?"

왕자는 웃으면서 물었습니다.

"놀라셨습니까? 그저 '펑' 하고 몇 번 터뜨린 다음 주둥이로 휙 나온 것뿐인데요."

아서가 침대 밑에 숨은 채 말했습니다.

"사람을 그렇게 놀라게 하는 법이 어디 있어요. 난

그저 우리 형 방에 같이 사는 것뿐이에요. 램프도 형의 것이고 문지른 것도 형이에요."

하라즈 왕자가 말했습니다.

"그렇다면 제가 소원을 들어 드릴 분은 바로 스탠리 형이군요. 아서 군에겐 참 안됐습니다."

"상관없어요."

말은 그렇게 했지만 아서는 좀 아쉽기는 했습니다.

스탠리가 물었습니다.

"어떤 소원이라도요? 무슨 소원을 빌어도 다 들어 주나요?"

하라즈 왕자가 대답했습니다.

"잔인하거나 못돼 먹었거나 아주 심술궂은 소원만 아니라면요. 우리 램프에 사는 요술쟁이들은 착한 요술쟁이예요. 커다란 병 속에 사는 못된 요술쟁이와는 다르답니다."

아서는 믿지 못하겠다는 말투로 말했습니다.

"스탠리 형, 아무 소원이나 말해 봐. 한번 시험해 보라고."

"잠깐, 금방 돌아올게."

스탠리는 거실로 가서 엄마 아빠에게 말했습니다.

"어이! 방금 무슨 일이 일어났는지 아세요?"

램촙 씨는 신문을 읽다 말고 주의를 주었습니다.

"스탠리, '어이'가 뭐니? 소를 모는 것도 아니고. 그건 사람을 부를 때 쓰는 말이 아니란다. 항상 기억해 둬라."

스탠리가 대답했습니다.

"잘못했어요. 그런데 방금 무슨 일이 일어났는지 절대로 믿지 못하실 거예요."

램촙 부인은 양말을 깁다 말고 스탠리를 올려다보며 말했습니다.

"글쎄, 너하고 아서가 아직 숙제를 끝내지 못했다는 건 믿겠는데."

스탠리가 숨이 턱까지 차서 말했습니다.

"숙제는 하고 있는 중이에요. 그런데 제가 가지고
있던 주전자가 알고 보니
까 램프더라고요. 어쩌다
그걸 문질러 봤는데 글쎄

연기가 나오더니 램프에 사는 요술쟁이가 나타났어요. 요술쟁이 말이 아무 소원이나 들어 주겠대요. 그래서 소원을 빌기 전에 먼저 엄마 아빠께 여쭈어 보려고요. 아서는 너무 겁을 먹어서 침대 밑에 숨어 있어요."

램촙 씨는 껄껄 웃으면서 말했습니다.

"숙제나 마저 끝내고 나서 소원을 빌도록 해라. 하지만 금이나 다이아몬드가 잔뜩 들어 있는 보물 상자 같은 걸 달라고 빌지는 말아라. 세금 많이 나올까 봐 겁난다."

램촙 부인도 남편을 거들었습니다.

"자, 아빠 말씀 들었지? 어서 방에 들어가 숙제부터 해."

"알겠어요."

스탠리는 대답하고 방으로 들어갔습니다.

램촙 부인이 웃으며 말했습니다.

"보물 상자라고요! 게다가 세금이라니! 조지, 당신은 정말 재미있는 사람이에요."

램촙 씨가 읽고 있던 신문을 내리더니 씩 웃으면서 대답했습니다.

"고맙소."

2. 숙제를 해결해 주는 척척 바구니

"엄마 아빠께 말씀드렸는데 믿질 않으셔."

스탠리가 방으로 돌아와 말했습니다.

"당연하지. 멀쩡한 사람 하나가 주전자에서 '펑'
하고 튀어 나왔다는데 누가 믿겠어?"

아서가 여전히 침대 밑에서 말했습니다. 그러자
하라즈 왕자가 아서의 말을 바로잡으며 말했습니다.

"주전자가 아닙니다. 그리고 이제 제발 그 밑에서
나오세요. 놀라게 해 드려서 죄송합니다."

아서가 침대 밑에서 기어 나오며 말했습니다.

"더 이상 무서운 일은 없는 거죠?"

"약속드립니다."

하라즈 왕자는 아서와 악수를 했습니다. 아서는 하라즈 왕자가 정말 소원을 들어 줄 수 있는지 궁금해서 참을 수가 없었습니다.

"스탠리 형! 빨리 소원을 빌어 봐!"

스탠리가 말했습니다.

"안 돼! 먼저 숙제부터 해야 돼."

그러자 하라즈 왕자가 물었습니다.

"숙제라는 건 뭐죠?"

두 형제는 뜻밖의 질문에 하라즈 왕자를 물끄러미 쳐다보았습니다. 스탠리가 하라즈 왕자에게 숙제에 대해 설명했습니다. 그랬더니 하라즈 왕자는 고개를 저으며 말했습니다.

"학교가 끝난 후에요? 그럼 언제 놀죠? 제가 살던 곳에는 척척 바구니라는 것이 있는데, 그런 일을 도

맡아서 해결해 주었죠."

"와, 그게 뭔지는 모르겠지만 그런 바구니가 하나 있으면 소원이 없겠네요."

스탠리는 소원이라는 말을 하지 말았어야 했는데 깜빡 잊고 그 말을 내뱉고 말았습니다.

하라즈 왕자가 웃으며 말했습니다.

"그렇습니까? 뒤를 보시지요."

돌아보니 빨간색과 초록색 짚으로 엮어 만든 커다란 바구니가 책상 위에 둥둥 떠 있었습니다.

아서가 소리쳤습니다.

"으악! 무서운 일이 또 벌어졌어!"

하라즈 왕자가 말했습니다.

"그런 어리석은 소리는 하지 마십시오. 이건 평범한 척척 바구니일 뿐이에요. 알고 싶은 것이 있으면 묻기만 하면 됩니다."

스탠리는 조금 바보가 된 듯한 기분이 들었지만,

앞으로 몸을 숙이고 바구니에게 물었습니다.

"음…… 저기요, 수학 숙제의 답을 알 수 있을까요? 이 책 20쪽에 나오는 문제예요."

그러자 바구니에서 '윙~윙' 하는 소리가 나더니 텔레비전 아나운서처럼 굵고 낮은 남자 목소리가 들렸습니다.

"척척 바구니를 불러 주셔서 고맙습니다. 죄송하지만 지금 척척 해결사들이 모두 너무 바빠서 대답을 해드릴 수 없습니다. 끝나는 대로 손님에게 답을 해 드리겠습니다. 기다리시는 동안 저희가 고른 음악을 감상하시기 바랍니다."

스탠리는 척척 바구니를 뚫어지게 바라보았습니다. 바구니에서 음악이 흘러왔습니다. 언젠가 커다란 건물의 엘리베이터에서 들은 듯한 잔잔하고 아련한 음악 소리였습니다.

하라즈 왕자가 어깨를 으쓱하며 말했습니다.

"할 수 없죠. 이 서비스는 아주 인기가 많거든요."

잠시 후 '찰칵' 하는 소리가 나더니 음악이 그치고, 아주 친절하고 명랑한 여자 목소리가 들렸습니다.

"안녕하십니까? 쉬린이라고 합니다! 오랫동안 기다려 주셔서 감사합니다. 이제 손님이 요청한 답을 드리도록 하겠습니다. 1번 답은 배 5개, 사과 6개,

바나나 8개입니다. 2번 답은 톰은 4살, 팀은 7살, 테드는 11살입니다. 3번 답은……."

"잠깐만요! 답을 다 기억할 수가 없어요!"

스탠리가 끼어들어 소리쳤습니다. 그러자 쉬린이라는 여자가 밝은 목소리로 대답했습니다.

"특별히 손님의 편리를 위해서 바구니 안에 답이 적힌 종이를 넣어 두었습니다. 척척 바구니를 이용해 주셔서 감사합니다. 좋은 하루 되십시오!"

바구니 뚜껑을 열어 보니, 정말 답이 적힌 종이가 들어 있었습니다. 스탠리는 감탄했습니다.

"와, 정말 대단한데요. 고마워요. 이번엔 제 동생이 물어 봐도 되나요?"

아서는 목소리를 가다듬고 말했습니다.

"안녕하세요, 쉬린! 저는 아서 램촙이라고 해요. 저는 '장래 희망'에 대한 글을 써야 해요."

바구니가 대답했습니다.

"램춉 군, 잠시만 기다려 주십시오. 손님의 글씨체로 써야 하니까요. 자, 다 되었습니다!"

아서가 바구니 속에 들어 있는 종이를 꺼내 보니, 거기에는 정말 아서의 글씨체로 글이 적혀 있었습니다. 아서는 그 글을 큰 소리로 읽었습니다.

장래 희망

아서 램춉

난 커서 미국 대통령이 되고 싶다. 그래서 더 이상 전쟁이 일어나지 않게 하겠다. 그리고 우주 비행사들을 직접 만나 보고 싶다. 또 옷을 차려 입는 데 신경쓰는 여자애들을 만날 필요가 없었으면 좋겠다. 무엇보다도 난 '마이 티 맨'같이 세상에서 제일 힘 센 사람이 되고 싶다. 다른 사람을 해치려고 그러는 게 아니라, 그렇게 되면 모두들 나한테 잘해 줄 것이기 때문이다.

- 끝 -

아서가 씩 웃으며 말했습니다.

"쉬린, 진짜 좋아요! 내가 말하고 싶었던 내용이 모두 들어 있어요."

척척 바구니가 대답했습니다.

"잘됐군요! 그럼 안녕히 계십시오! 멋진 하루가 되길 바랍니다."

두 형제도 큰 소리로 인사했습니다. 하라즈 왕자가 공중에 떠 있던 바구니를 붙잡아 책상 위의 램프 옆에 내려놓았습니다.

하라즈 왕자가 말했습니다.

"자! 숙제가 모두 끝났습니다. 그런데 소원치고는 참 평범한 소원이었어요. 그런 것말고 항상 간절히 바라는 특별한 소원은 없습니까? 아주 신나는 일 말이에요."

스탠리는 자기가 제일 원한 것이 무엇인지 곧 생각해 냈습니다. 스탠리는 동물을 무척 좋아해서 늘

이런 생각을 했습니다.

'나만의 동물원을 하나 가질 수 있다면 얼마나 좋을까!'

하지만 동물원은 공간을 너무 많이 차지할 것 같았습니다. 그래서 생각했습니다.

'그렇다면 단 한 마리라도 정말 특별한 동물을 갖고 싶어. 사자라면 어떨까? 바로 그거야! 강아지처럼 사자의 목에 가죽끈을 매어 함께 거리를 산책하면 얼마나 신날까!'

스탠리가 말했습니다.

"사자를 갖고 싶어요! 진짜 사자요. 하지만 아주 순한 놈으로요."

하라즈 왕자가 말했습니다.

"진짜 사자여야 하고, 순해야 한다고요? 문제없습니다."

갑자기 스탠리는 사람들이 사자를 보고 겁을 먹지

는 않을까 걱정이 되었습니다. 그렇다면 코끼리가 훨씬 더 근사할 것 같았습니다.

"코끼리로 해 주세요! 사자 말고 코끼리로요!"

스탠리가 소리쳤습니다. 그러자 하라즈 왕자가 되물었습니다.

"뭐라고요? 코……? 아이고, 이런! 당신 때문에 어떻게 됐나 좀 보세요!"

건너편 공중에 정말 희한하게 생긴 머리가 만들어졌습니다. 코는 코끼리 코에 귀는 사자 귀처럼 작고 아담한 데다 머리 뒤엔 사자 갈기가 나 있었습니다. 거기에 코끼리의 몸통과 다리가 만들어지는 중이었는데, 그게 또 색깔은 사자처럼 금빛 나는 갈색이었습니다. 몸통과 다리가 완성되자 마지막으로 예쁜 금색 고리 모양의 털이 달린 자그마한 회색 코끼리 꼬리가 생겨났습니다. 그리하여 결국 중간 크기의 사자 또는 아주 작은 코끼리 같은 동물이 태어났습니다.

스탠리가 소리쳤습니다.

"이런 세상에! 이게 뭐예요?"

하라즈 왕자는 언짢아하며 대답했습니다.

"사끼리죠! 스탠리 군의 잘못입니다. 이랬다저랬다 변덕을 부리면서 소원을 빌면 이렇게 되고 맙니다."

사끼리가 입을 크게 벌리고 울자 울음소리도 반은 사자, 반은 코끼리 소리였습니다.

"그르릉~ 쿵쿵!"

그 소리에 놀라 모두 펄쩍 뛰자 사끼리는 강아지 처럼 뒷다리로 서서 콩콩 뛰었습니다.

하라즈 왕자가 말했습니다.

"어때요, 온순하기는 하잖아요. 하기야 새끼들은 다 순하지만."

스탠리는 사끼리의 머리를 어루만져 주었고, 아서 는 작고 귀엽게 생긴 귀 뒤를 간질였습니다. 그러자 사끼리는 두 아이의 손을 핥았습니다. 소원이 뒤죽 박죽 되기는 했지만 스탠리는 후회하지 않았습니다.

바로 그 때, 침실 방문을 똑똑 두드리는 소리가 나 더니 램촙 부인의 목소리가 들렸습니다.

"숙제는 다 끝냈니?"

"들어오세요."

스탠리가 아무 생각 없이 대답했습니다. 방문이 열렸습니다.

"참 조용하게도……."

램촙 부인은 말을 멈추고 하라즈 왕자부터 척척 바구니, 그리고 사끼리까지 둘러보았습니다.

"아니, 세상에!"

램촙 부인이 깜짝 놀라 소리쳤습니다.

하라즈 왕자는 공손히 절을 하면서 말했습니다.

"안녕하십니까? 이 훌륭한 두 소년의 어머니이십니까?"

램촙 부인이 대답했습니다.

"말씀은 참 고마운데, 누구시죠? 전에 만난 적이……."

이 때 스탠리가 끼어들며 말했습니다.

"이 분은 하라즈 왕자님이고요, 이건 사끼리예요. 저건 척척 바구니고요."

그러자 아서도 덩달아 신이 나서 떠들었습니다.

"있잖아요, 하라즈 왕자님은 요술쟁이래요. 스탠
리 형은 뭐든지 원하는 대로 소원을 빌 수 있어요."

램촙 부인은 너무 놀랐습니다.

"뭐라고! 난 도대체 어떻게 된 일인지 모르겠구나."

그러더니 돌아서서 거실을 향해 소리쳤습니다.

"여보! 이리 좀 와 보세요! 정말 뜻밖의 일이 일어났어요."

램춉 씨가 큰 소리로 대답했습니다.

"여보, 잠깐만 기다려요. 신문에 아주 신기한 기사가 났는데, 글쎄 오리가 텔레비전을 본다는군."

램춉 부인이 대답했습니다.

"여기 그것보다 더 신기한 일이 있다니까요."

그 소리에 램춉 씨가 단숨에 달려왔습니다.

램춉 씨는 방 안을 빙 둘러보더니 말했습니다.

"음, 정말 그렇군. 어떻게 된 일인지 누가 설명 좀 해 줄래?"

스탠리가 말했습니다.

"말씀드리려고 했는데, 아까 거실에서요. 어떻게 된 거냐 하면……."

램춉 부인이 스탠리의 말을 가로막으며 말했습니다.

"잠깐만 기다려 봐라."

사끼리가 조금 전부터 배가 고픈 듯 코를 킁킁거렸으므로, 램촙 부인은 부엌으로 가서 다진 고기와 따뜻한 우유를 섞어 커다란 그릇에 담아서 가져왔습니다. 사끼리가 먹는 동안 스탠리는 엄마 아빠께 지금까지 일어난 일을 말씀드렸습니다.

램촙 씨는 잠시 생각해 보더니 말했습니다.

"스탠리, 정말 신기한 일이구나. 너에게 둘도 없는 멋진 기회가 될지도 모르겠다. 하지만 숙제 할 때 척척 바구니를 사용하는 것은 허락할 수가 없구나. 아마 선생님도 같은 생각이실 거다."

아서가 말했습니다.

"선생님께는 말씀드리지 않을 건데요."

램촙 씨는 한참 동안 아서를 바라보고는 물었습니다.

"네가 하지도 않은 일을 했다고 거짓말하겠단 말

이냐?"

아서는 얼굴을 붉히며 말했습니다.

"어, 아뇨……. 그냥 한 얘기예요. 너무 신나서 그랬어요."

램촙 씨는 두꺼운 종이에 '사용할 수 없음'이라고 써서 척척 바구니에 붙였습니다.

램촙 부인이 말했습니다.

"오늘은 너무 늦었으니까 다른 소원은 내일 빌어야겠구나. 하라즈 왕자, 옷장 안에 접는 간이 침대가 있을 거예요. 여기서 편히 지내도록 해요. 내일은 토요일이라 가족들 모두 공원에 놀러갈 거예요. 같이 가겠어요?"

"네, 정말 고맙습니다."

하라즈 왕자는 정중히 대답하고 스탠리, 아서를 도와 간이 침대를 세웠습니다.

사끼리는 이미 쿨쿨 잠이 들었습니다. 램촙 부인이 사끼리의 밥그릇을 보고 말했습니다.

"세상에! 다진 고기 세 근을 순식간에 싹 먹어치웠네."

램촙 부인은 불을 끄며 인사를 했습니다.

"다들 잘 자요!"

방 안은 캄캄했지만 창으로 달빛이 비추었습니다. 스탠리와 아서가 누워서 보니 하라즈 왕자는 여전히 침대에 앉아 있었습니다. 한동안 사끼리의 나지막한 코 고는 소리말고는 아무 소리도 들리지 않았습니다. 하라즈 왕자가 말했습니다.

"코 고는 소리가 신경 쓰이지요. 코가 저렇게 생겼으니 어쩌겠어요."

아서가 잠에 취한 목소리로 대답했습니다.

"괜찮아요. 근데 요술쟁이들도 코를 고나요?"

하라즈 왕자가 대답했습니다.

"우린 잠을 자지 않아요. 어머님이 너무 잘해 주셔서 사실대로 말씀드리기가 죄송하더군요. 서운해하실까 봐서요."

스탠리가 말했습니다.

"말동무가 필요하면 제가 깨어 있을게요."

하라즈 왕자가 말했습니다.

"고맙습니다. 하지만 괜찮아요. 램프 안에서 오랫동안 홀로 지내다 보니 누구와 함께 있다는 것만으로도 얼마나 좋은지 모르겠습니다."

3. 유명 인사가 된 램촙 부인

램촙 씨 가족은 늦게까지 푹 자고 일어나서 아침을 든든히 먹었습니다. 특히 사끼리는 다진 고기 두 근에 바나나 다섯 개와 빵 세 덩어리를 먹어치웠습니다.

그런 다음 모두 테니스채를 들고 근처의 큰 공원에 있는 테니스장을 향했습니다. 램촙 씨 가족은 테니스를 즐겨 쳤습니다. 하라즈 왕자는 사람들이 자기의 요술쟁이 옷을 보고 어리둥절해할까 봐 스탠리의 바지와 셔츠를 빌려 입고 따라나섰습니다.

가는 길에 램촙 씨 일행은 램촙 씨의 대학 동창인 존스 씨를 오랜만에 만났습니다.

존스 씨가 말했습니다.

"조지, 이렇게 만나서 반갑네. 램촙 부인도 안녕하셨습니까? 잘 있었니, 아서? 잘 있었니, 스탠리? 참, 지난 번에 납작해졌던 아이가 너지? 납작할 때보다 통통한 게 더 낫구나."

램촙 씨가 대답했습니다.

"자넨 정말 기억력이 좋구먼. 자네에게 우리 집에 오신 손님을 소개하지. 하라즈 왕자라네. 우리 문화를 배우기 위해 이 곳에 온 외국 학생이야."

하라즈 왕자가 인사를 했습니다.

"처음 뵙겠습니다. 전 파우지 무스타파 아슬란 미르자 멜렉 나메르드 하라즈라고 합니다."

존스 씨도 인사했습니다.

"처음 뵙겠습니다. 그나저나 난 그만 가 봐야겠는

데. 자, 그럼 다들 즐거운 시간 보내세요. 파우지 무
스타파 아슬란 미르자 멜렉 나메르드 하라즈 왕자
님, 만나서 반가웠습니다."

램촙 부인은 존스 씨가 멀어지자 말했습니다.

"정말 대단한 기억력이에요."

일행은 다시 공원을 향해 걸어갔습니다.

램촙 부인이 말했습니다.

"하라즈 왕자가 램프에 사는 요술쟁이라는 걸 알면 존스 씨도 깜짝 놀라겠죠? 하기야 세상이 다 놀랄 거예요. 세상에! 그럼 정말 우리 가족 모두 유명해지겠어요."

스탠리가 말했습니다.

"제가 납작이가 됐을 때 한 번 유명해져 봤는데요, 그것도 시간이 지나니까 꼭 좋은 일은 아니었어요."

램촙 부인이 말했습니다.

"그래, 기억나는구나. 그래도 엄마는 유명해지면 어떤 기분이 드는지 한 번 느껴 보고 싶기도 해."

하라즈 왕자가 어떠냐고 묻는 표정으로 스탠리를 쳐다보자 스탠리가 살며시 고개를 끄덕였습니다. 하라즈 왕자도 미소를 짓더니 똑같이 대답 대신 고개를 끄덕였습니다.

그 때 램촙 씨 일행은 시에서 가장 중요한 건물 가

운데 하나인 '유명 미술관'을 지나고 있었습니다. 미술관 앞에는 외국에서 온 관광객을 가득 태운 버스가 멈춰 서 있었고, 관광 안내원이 확성기에 대고 도시에 대한 설명을 하고 있었습니다.

"저 숲 뒤에는 이 도시에서 가장 멋진 공원이 자리 잡고 있습니다! 오른쪽을 보시면 훌륭한 그림과 조각품이 전시되어 있는 유명 미술관이 있습니다. 아니, 이게 웬일입니까! 오늘 여러분은 정말 운이 좋은가 봅니다! 램촙 부인이 바로 이쪽으로 걸어오고 있습니다! 진짜 해리엇 램촙 부인이에요! 바로 저기 테니스채를 들고 계시는 분 말입니다!"

관광객들은 뜻밖의 반가운 소식에 환호성을 지르며 안내원이 가리키는 방향으로 고개를 돌렸습니다.

램촙 씨가 어리둥절해하며 말했습니다.

"아니······. 해리엇, 당신을 가리키나 본데!"

램촙 부인이 대답했습니다.

"그러게 말예요. 어머, 세상에! 사람들이 이쪽으로 몰려와요!"

관광객들은 버스에서 내려 램춉 부인에게 몰려왔습니다. 한 일본인 가족이 제일 먼저 도착했는데, 모두 카메라를 메고 있었습니다.

일본인 가족 가운데 남편 되는 사람이 공손하게 인사를 하며 말했습니다.

"램춉 부인, 사진을 찍을 수 있는 영광을 주시겠습

니까?"

램촙 부인이 대답했습니다.

"물론이지요. 즐거운 여행이 되셨으면 좋겠어요. 그런데 사진은 왜요? 전 특별한 사람도 아닌데요."

"무슨 그런 말씀을! 아주아주 유명하신 램촙 부인께서 그런 말씀을 하시다니!"

일본인 가족이 부지런히 사진을 찍어 대며 말했습니다.

램촙 부인은 그제야 문득 자신의 소원이 이루어졌다는 것을 깨달았습니다.

"고마워요, 하라즈 왕자! 정말 멋진데요!"

램촙 부인은 관광객이 사진을 찍도록 일일이 우아한 포즈를 취하고, 수십 번도 넘게 사인을 했습니다. 공원에서도 사람들이 모두 램촙 부인을 알아보았습니다. 램촙 부인은 또다시 포즈를 취해 주고 사인도 해 주었습니다.

이미 늦은 아침이어서 공원의 테니스장은 한 군데도 비어 있지 않았습니다. 그러나 램춥 씨 가족은 아쉬운 마음을 누그러뜨릴 만한 광경을 발견했습니다. 한 경기장에 사람들이 잔뜩 모여 있었는데, 그 곳에서는 세계적으로 유명한 테니스 선수인 톰 맥루드가 사람들에게 테니스 치는 법을 가르치며 직접 시범을 보이고 있었습니다.

톰 맥루드는 괴팍하고 예의 없는 선수로 이름이 나 있었습니다. 그래도 램춥 씨 가족은 톰 맥루드가 보고 싶었습니다. 그래서 하라즈 왕자와 함께 경기장 가까이 비집고 들어가서, 취재를 나온 텔레비전 방송국 카메라 옆에 자리를 잡았습니다.

"이 곳에 모인 분들 가운데 저처럼 테니스를 잘 치는 분은 없을 겁니다. 하지만 적어도 저를 직접 보게 되었으니 얼마나 기쁘시겠습니까!"

톰 맥루드가 말하고 있는데 관중들 속에 있던 한

할머니가 나지막하게 재채기를 했습니다. 그러자 톰이 할머니를 쏘아보며 말했습니다.

"아니, 도대체 이게 무슨 소리야, 할망구?"

할머니가 깜짝 놀란데다 무안해서 울음을 터뜨리자, 친구들이 할머니를 데리고 자리를 떴습니다.

하라즈 왕자가 스탠리에게 작은 소리로 말했습니다.

"아주 성질이 고약한 친구로군요!"

톰 맥루드는 아랑곳하지 않고 계속 말했습니다.

"노인들의 재채기 소리는 참을 수가 없어. 자, 좋습니다. 이제 저의 위대한 포핸드를 보여 드리지요. 우선……."

그 때 텔레비전 뉴스 감독이 소리쳤습니다.

"잠깐만요, 톰! 방금 해리엇 램촙 부인을 발견했습니다. 세상에, 이럴 수가! 부인이 카메라 앞에서 몇 말씀 해 주실지 모르겠습니다!"

톰 맥루드조차 놀란 것 같았습니다.

"와, 해리엇 램촙 부인이네!"

"이봐, 카메라를 이쪽으로 돌리게."

뉴스 감독은 램촙 부인이 있는 곳으로 달려오더니 마이크를 내밀었습니다.

"만나서 반갑습니다! 모든 사람들이 부인에 대해 알고 싶어합니다. 가장 좋아하시는 색은 무슨 색입니까? 현재 외교 상황에 대해서는 어떻게 생각하십니까? 파자마를 입고 주무십니까, 아니면 가운을 입고 주무십니까?"

램촙 씨가 끼어들며 말했습니다.

"그건 너무 개인적인 질문 아닙니까?"

"조지, 제발……."

램촙 부인은 남편을 진정시키고 나서 이야기를 시작했습니다.

"따뜻하게 반겨 주셔서 정말 감사합니다. 저는 그저 저를 아껴 주시는 많은 분들이 쾌적한 공원에서 즐거운 하루를 보내고 있다는 것만으로도 행복합니다."

모여 있던 사람들이 환호성을 지르며 손을 흔들었

습니다. 램촙 부인 역시 손을 흔들며 키스를 보냈습
니다. 사람들이 모두 램촙 부인에게만 관심을 보이
자, 톰 맥루드는 심통이 나서 테니스 공을 뒤쪽 울타

리 너머로 쳐 넘겨 버렸습니다.

이것을 눈치챈 램촙 부인은 다시 마이크에 대고 말했습니다.

"자, 이제 우리 모두 위대한 선수에게 시선을 모아 주죠!"

톰 맥루드가 불만스러운 듯 말했습니다.

"당연히 그래야죠!"

텔레비전 카메라가 휙 돌아 톰에게 초점을 맞추자 톰이 계속 말했습니다.

"지원자가 있어야 합니다. 그래야 사람들이 대부분 저와 비교해서 얼마나 못 치는지 보여 드릴 수 있으니까요!"

램촙 씨는 챔피언과 한 경기장에서 뛰어 보면 얼마나 감격스러울까 하는 생각이 들었습니다. 그래서 들고 있던 테니스채로 신호를 보내며 걸어 나갔습니다.

톰 맥루드는 램촙 씨에게 공을 몇 개 건네며 말했
습니다.

"자, 좋습니다. 서브를 한번 넣어 보시죠."

램촙 씨가 서브를 넣으려는 자세를 취하자 갑자기
톰 맥루드가 소리를 쳤습니다.

"발 위치가 잘못되었군요! 그리고 테니
스채도 엉터리로 잡았어요! 아주
엉망이에요!"

램촙 씨는 톰 맥루드의 말에
주눅이 들어 공을 두 번이나 네트
너머로 넘기지 못했습니다.

"정말 형편없군요! 제가 어떻게 하
는지 보여 드릴 테니까 잘 보세요."

톰 맥루드는 말을 마치고는 경기장 한 구석으로
달려가서 서브를 다섯 번이나 연달아 넣었습니다.

서브는 모두 너무 빠르고 강력해서 램촙 씨는 처음
네 번은 손도 대지 못했습니다. 다섯 번째 서브는 용
케 받아쳤지만 그와 동시에 테니스채가 날아가 버렸
습니다.

톰 맥루드는 웃으며 말했습니다.

"하하! 이번에는 얼마나 민첩하게 움직이는지 한

번 보죠!"

톰 맥루드는 포핸드든 백핸드든 공을 코트 구석구
석으로 정확하게 날려 보냈습니다. 램촙 씨는 얼굴
이 벌겋게 될 때까지 앞뒤로 정신없이 뛰어다녔지만
번번이 공을 놓쳐 우스운 꼴이 되고 말았습니다.

램촙 씨 가족과 하라즈 왕자는 화가 났습니다. 하

라즈 왕자가 스탠리에게 속삭였습니다.

"이렇게 계속할 필요가 있을까요?"

바로 그 때 정신없이 뛰어다니던 램촙 씨가 미끄러질 뻔하다가 가족들이 있는 곳에서 간신히 멈춰섰습니다. 그러다 테니스채로 자기 무릎을 쳐서 톰 맥루드의 강력한 공을 또 한 번 놓치고 말았습니다.

톰 맥루드는 큰 소리로 떠들어 댔습니다.

"하하! 이게 바로 제가 가르치는 방법입니다!"

램촙 씨는 스탠리와 하라즈 왕자를 번갈아 쳐다보았습니다.

"좋아요!"

스탠리가 말하자 하라즈 왕자는 살며시 미소를 지었습니다.

"고맙다!"

램촙 씨는 경기장으로 돌아가 모여 있는 사람들에게 큰 소리로 말했습니다.

"신사 숙녀 여러분, 제가 다시 한 번 서브를 넣겠습니다!"

건너편에 있는 톰 맥루드는 심술궂게 웃더니 공중에 대고 테니스채를 획획 휘둘렀습니다.

램촙 씨가 다시 서브를 넣자 이번에는 공이 네트에 꽂히지 않고 총알처럼 빠른 속도로 정확한 자리에 들어갔습니다. 톰 맥루드는 공이 '획' 하고 옆으로 지나가자 한동안 입을 다물지 못하고 있다가 소리를 질렀습니다.

"아웃, 아웃이에요!"

모여 있던 사람들이 웅성거렸습니다.

"창피한 줄도 모르고!"

"공은 정확히 들어갔어!"

"저런 거짓말쟁이!"

"들어갔다고, 들어갔어!"

톰 맥루드는 주먹을 흔들어 보이면서 말했습니다.

"아마 다시는 그런 서브를 못 넣을걸!"

하지만 램촙 씨는 세 번 더 서브를 넣었고, 공은 세 번 다 첫 번째보다 훨씬 더 빠르고 정확하게 들어갔습니다.

톰 맥루드는 공에 전혀 손을 대지 못했고, 그 대신 마지막 공이 튀어 올라 톰의 코를 때렸습니다.

그런 다음 램촙 씨는 톰 맥루드와 여러 번 공을 주고받았습니다. 램촙 씨는 코트를 이리저리 누비며 모든 공을 쉽게 받아넘겼습니다. 그러나 톰 맥루드는 램촙 씨의 강력한 포핸드 때문에 코트를 이리저리 뛰어다녀야 했습니다.

램촙 씨는 공을 네트 바로 앞에 떨어지게 해서 톰 맥루드를 네트 가까이로 끌어들인 다음, 곧바로 공을 높이 띄워 정신없이 뒤로 달려가게 만들었습니다. 그 날 램촙 씨가 보여 준 테니스 실력은 사람들이 깜짝 놀랄 정도로 훌륭했습니다.

톰 맥루드는 너무나 지치고 화가 나서 경기를 계속할 수가 없었습니다. 톰 맥루드는 테니스채를 바닥에 내던지고 그 위에 올라가 펄쩍펄쩍 뛰며 화를 냈습니다.

"당신은 단지 운이 좋았던 거예요! 난 감기 기운이 있는데다 햇빛 때문에 경기하는 동안 내내 눈이 부셨다고요!"

톰 맥루드는 사람들 사이를 뚫고 나가 후닥닥 공원을 빠져나갔습니다.

사람들은 램촙 씨에게 열렬한 환호를 보냈고, 램촙 씨는 겸손하게 미소를 지으며 다정하게 테니스채를 흔들어 보였습니다. 램촙 씨는 가족들과 하라즈 왕자가 텔레비전 방송국의 뉴스 감독과 함께 서 있는 곳으로 갔습니다.

감독이 말했습니다.

"정말 대단한 실력이시군요! 사실 처음 코트에 나오셨을 때는 형편 없는 줄 알았습니다."

"저는 원래 준비 운동을 하는 데 시간이 좀 걸리거든요."

램촙 씨는 말을 마치고는 가족들을 이끌고 자리를

떴습니다.

공원을 나올 때 램촙 부인은 또다시 여러 번 사인을 했습니다. 집 앞에 이르자 이번에는 '유명한 사람들'이라는 잡지 기자가 램촙 부인을 취재하려고 기다리고 있었습니다.

"부인이 저희 잡지의 다음 달 표지 인물로 선정되셨습니다. 몸무게가 얼마나 되십니까? 부인의 전기 영화가 나올 예정입니까? 첫 번째 키스는 누구와 하셨습니까?"

"그건 당신이 상관할 일이 아니지!"

램촙 씨가 버럭 화를 내자 기자는 물러갔습니다.

그 날 저녁 가족들은 혹시 램촙 씨의 테니스 시합이 뉴스에 나올까 싶어서 텔레비전을 지켜보았습니다. 하지만 뉴스에는 램촙 부인만 나왔고 배경에 톰 맥루드가 잠깐 비쳤습니다.

"유명한 해리엇 램촙 부인이 오늘 공원에 나오셨

습니다."

그러더니 램촙 부인이 말하는 모습이 화면에 크게 나왔습니다.

"쾌적한 공원에서 즐거운 하루를 보내고 있다는 것만으로도 행복합니다."

그것뿐이었습니다.

신문사와 텔레비전 방송국에서 램촙 부인을 찾는 전화가 오는 바람에 저녁 식사가 여러 번 중단되었습니다. 램촙 씨는 그것 때문에 몹시 언짢아했습니다. 하지만 사끼리는 전혀 아랑곳하지 않고 돼지고기 네 덩어리, 땅콩 버터 한 통, 감자 샐러드 한 접시, 그리고 접시 밑에 깔려 있던 고무깔개까지 먹어 치웠습니다.

4. 목욕 가운을 입은 정의의 사자

아서가 투덜거리며 말했습니다.

"불평하는 건 아니지만 아무튼 이건 공평하지 않아. 스탠리 형은 사끼리를 갖고 엄마는 유명해졌는데 난 이게 뭐야. 난 대통령이 되고 싶어. 아니면 마이티 맨처럼 힘이 세지든지. 난 기껏해야 잠깐 동안 척척 바구니를 써 본 게 전부이고 이젠 그것도 쓸 수 없잖아."

저녁 식사를 끝낸 다음, 두 형제와 하라즈 왕자는 방에 돌아와 잠옷으로 갈아입었습니다.

하라즈 왕자가 안타까운 표정을 지으며 아서에게 말했습니다.

"아서 군, 그건 제 잘못이 아닙니다. 전 그저 명령에 따를 뿐이니까요. 램프를 문지르면 나타나 소원을 들어 드리는 게 제 일이지요."

스탠리도 아서가 안됐다는 생각이 들었습니다.

"아서, 네가 대통령이 되는 건 좀 그렇지만, 세상에서 제일 힘 센 사람이 되게 해 달라는 소원은 빌어 줄 수 있어. 하라즈 왕자, 그 소원을 빌게요!"

아서가 소리쳤습니다.

"와, 신난다!"

그런데 한참 동안 기다려도 아무런 변화가 없는 것 같았습니다.

"뭐야, 아무 일도 없잖아!"

아서는 실망해서 오른쪽 주먹으로 왼손을 탁 쳤습니다.

"아이고!"

아서는 너무 아파 펄쩍펄쩍 뛰었습니다.

하라즈 왕자가 말했습니다.

"세상에서 가장 힘 센 사람이 되었으니까 앞으로 무엇이든 내리칠 때는 조심해야 합니다."

아서가 대답했습니다.

"하지만 하나도 달라진 게 없는 것 같아요."

아서는 자신의 힘을 시험해 보기 위해 한 손으로 커다란 책상을 들어 보았습니다. 아서는 책상을 머리 위로 쉽게 들어올렸습니다.

스탠리는 너무 놀라 입을 쫙 벌렸고, 책상에 달린 서랍들도 스탠리의 입처럼 쫙 벌어지더니 책상에서 미끄러져 나왔습니다. 그러자 연필, 구슬, 클립이 바닥에 비오듯 쏟아졌습니다.

"이런!"

아서가 놀라 소리쳤습니다.

하라즈 왕자가 아서를 도와 방을 치우면서 말했습
니다.

"이건 말도 안 돼요. 세상에서 가장 힘 센 사람이 방에서 책상이나 들어올리고 있다니! 밖으로 나가 모험을 해야죠."

아서가 대답했습니다.

"지금은 밖에 나갈 수 없어요. 잠잘 시간이 다 되었거든요."

그 순간 스탠리에게 좋은 생각이 떠올랐습니다.

"하늘을 날 수 있었으면 좋겠어요! 우리 모두 함께 어디론가 날아갔다 올 수 없을까요?"

하라즈 왕자가 대답했습니다.

"저야 원래 날 수 있지만, 두 분이 하늘을 날고 싶다면 소원을 빌어야죠."

스탠리가 큰 소리로 외쳤습니다.

"내가 빌게요! 아서와 함께 하늘을 날게 해 줘요!"

두 형제는 금방이라도 하늘로 휙 날아오를 것처럼 숨을 멈췄습니다. 그리고 아서는 팔꿈치를 살짝 펄

럭거려 보았습니다.

하라즈 왕자가 말했습니다.

"아이고, 세상에! 그렇게 하는 게 아니에요. 그저 날아간다는 생각을 하면서 가고 싶은 곳을 머릿속으로 그리면 돼요."

하라즈 왕자가 말한 대로 되었습니다.

스탠리와 아서는 갑자기 몸이 바닥에서 높이 떠오른 것을 깨달았습니다. 얼굴을 아래로 향하고 아주 편안하게 위로, 아래로, 앞으로, 뒤로 생각하는 대로 날 수 있었습니다. 마치 보이지 않는 물 속에서 힘들이지 않고 수영을 하는 것 같았습니다. 하라즈 왕자는 방 안을 이리저리 신나게 날아다니는 두 형제에게 말했습니다.

"발을 끝까지 쭉 펴세요. 고개를 들고요! 좋습니다, 아주 좋아요! 자, 이제 준비가 다 된 것 같군요!"

하라즈 왕자가 창문을 열고 몸을 밖으로 내밀었습니다.

"음, 위로 올라가면 바람이 꽤 차겠는데요. 옷을 더 걸치는 게 좋겠어요."

스탠리와 아서는 목욕 가운을 걸치고 장갑을 꼈습니다. 하라즈 왕자는 빨간 점퍼를 입고 용 얼굴 모양의 스키 마스크를 썼습니다. 하라즈 왕자가 말했습니다.

"자, 갑시다!"

두 형제는 하라즈 왕자를 따라 창 밖의 어둠 속으로 날아갔습니다.

위로, 위로, 자꾸만 위로 올라갔습니다. 두 형제와 하라즈 왕자는 가끔씩 수평으로 날면서 속도를 내는 연습도 해 가며 계속 위로 날아올랐습니다. 스탠리는 동생이 나는 것을 보면서, 아서는 형이 나는 것을 보면서 자신감을 얻었습니다. 하라즈 왕자는 뒤에서 두 형제를 지켜보았습니다.

아름다운 밤이었습니다. 머리 위에 별빛 가득한 하늘이 펼쳐졌고, 저 아래에는 도시의 불빛이 별빛만큼이나 초롱초롱했습니다.

두 형제의 새하얀 목욕 가운과 하라즈 왕자의 빨간 점퍼가 달빛을 받아 빛났습니다.

세 사람은 관현악단이 음악회를 열고 있는 넓은 공원 위를 날았습니다. 음악 소리가 세 사람이 있는 곳까지 울려 왔습니다. 플루트, 바이올린, 트럼펫의

맑고 부드러운 소리와 심벌즈, 드럼의 낮고 힘있는
소리가 한꺼번에 들렸습니다.

하라즈 왕자가 감탄하며 말했습니다.

"와, 정말 멋진데요! 램프 안에 살 때와는 너무 달
라요!"

　세 사람은 나란히 손을 잡고 관현악단이 있는 곳
에서 비추는 환한 불빛 주위를 빙글빙글 돌았습니
다. 마치 얼음판 위에서 음악에 맞추어 스케이트를
타는 기분이었습니다. 물론 그보다는 훨씬 더 신나
는 일이었습니다.

멀리 밤하늘을 가로지르는 큰 비행기의 날개에서
불빛이 번쩍였습니다.
　　스탠리가 소리쳤습니다.

"한번 따라가 봐요!"

하라즈 왕자가 웃으며 대답했습니다.

"어서 가 보세요! 제가 뒤따라가지요!"

휘이익! 휘이익! 스탠리와 아서는 팔을 옆구리에 꼭 붙이고 마치 로켓처럼 하늘을 가로질러 날았습니다. 입고 있던 목욕 가운이 배의 돛처럼 펄럭거렸습니다. 비행기도 빨랐지만 두 형제는 더욱 빨랐습니다. 마침내 비행기를 따라잡은 두 형제는 비행기 주변을 빙빙 돌며 유리창 안쪽을 들여다보았습니다. 비행기 안에는 책을 읽는 사람도 있고 작은 쟁반에 놓인 음식을 먹는 사람도 있었습니다.

아서는 여자 아이 하나가 만화책을 보고 있는 것을 보았습니다. 아서가 유리창 가까이로 다가가 목을 빼고는 어깨 너머로 만화책을 읽으려고 하자, 여자 아이는 고개를 돌려 아서를 힐끔 보았습니다. 그러고는 심술궂게도 아서가 보지 못하게 만화책을 내

려 놓고 혀를 쏙 내밀었습니다. 아서도 질세라 혀를
쏙 내밀었습니다. 그러자 여자 아이는 눈을 흘기더
니 커튼을 잡아당겨 쳤습니다.

비행기 반대쪽에 있던 스탠리는 아주 피곤해 보이
는 젊은 부부와 무릎에 누인 갓난아기를 보았습니
다. 젊은 부부는 아기 때문에 한숨도 못 잔 것 같았
습니다. 스탠리는 아기에게 자기 얼굴이 잘 보이도

록 유리창에 바싹 다가가서는, 입술을 삐죽 내밀었다 코를 찡그렸다 하며 재밌는 표정을 지어 보였습니다. 그러자 아기가 까르르 웃었습니다. 이번에는 양쪽 엄지손가락을 귀에 꽂고 손을 활짝 펴서 날갯짓을 해 보였습니다. 아기는 또 웃더니 이내 스르르 눈을 감고 잠이 들었습니다.

스탠리는 반대편에 있는 아서를 만나기 위해 조종석 앞을 지나갔습니다.

조종석에는 조종사가 두 명 있었는데, 그 중 한 명이 스탠리를 보았습니다. 조종사는 스탠리가 나는 방향으로 고개를 돌렸다가 비행기 날개 위쪽에 떠 있는 두 형제를 발견했습니다. 두 형제는 하라즈 왕자를 기다리는 중이었습니다.

조종사가 말했습니다.

"버트, 내가 저 밖의 뭘 봤는지 아나?"

버트라는 조종사가 대답했습니다.

"하늘을 보았다면 별을 봤을 테고, 아래를 보았다면 끝없이 펼쳐진 바다를 봤겠지."

톰이라는 조종사가 대답했습니다.

"아닐세. 목욕 가운을 입고 있는 두 아이야."

"하하! 톰, 자넨 정말 농담을 잘 하는군!"

버트라는 조종사는 그렇게 말하면서도 고개를 돌려 밖을 내다보았습니다.

이번에는 비행기 날개 위쪽으로 하라즈 왕자만 보였습니다. 하라즈 왕자는 점퍼를 펄럭거리면서 비행기 뒤로 숨은 스탠리와 아서를 찾고 있었습니다.

톰이라는 조종사는 똑바로 앞만 쳐다보며 물었습니다.

"버트, 자넨 지금 무엇이 보이나? 목욕 가운을 걸친 두 아이 맞지?"

버트가 차분하게 대답했습니다.

"틀렸어. 용 마스크를 쓰고 스키복을 입은 아이 하

나야."

조종사들은 서로 얼굴을 마주 보더니 동시에 비행기 날개 쪽을 내다보았습니다. 하지만 이미 하라즈 왕자도 두 형제를 뒤쫓아 비행기 뒤로 날아가고 없었습니다.

톰이 말했습니다.

"밖엔 아무도 없어. 버트, 이번 일은 아무에게도 말하지 않는 게 좋겠어. 그렇지?"

버트가 대답했습니다.

"좋은 생각이네. 그렇게 하자고."

두 조종사는 더 이상 아무 말도 하지 않고 비행기를 조종했습니다.

저 아래에 불을 환하게 밝힌 커다란 배가 바다를 가르며 지나가고 있었습니다.

아서가 소리쳤습니다.

"가 보자!"

　아서가 앞서고 스탠리가 뒤를 따르며 두 형제는 번개같이 내려갔습니다. 하라즈 왕자는 이번에도 웃으며 두 형제가 가는 대로 내버려 두었습니다.

　배가 얼마나 크고 아름다운지 스탠리와 아서는 할 말을 잃었습니다. 배는 층층이 촛불을 수천 개씩 밝힌 엄청나게 큰 생일 케이크 같았습니다.

아서가 소리쳤습니다.

"형, 저기 좀 봐! 갑판에서 파티를 열었나 봐."

세 사람은 재미있을 것 같아 갑판 가까이까지 내려갔습니다. 그런데 막상 가서 보니 갑판에서는 파티가 아니라 강도 사건이 벌어지고 있었습니다.

강도들은 승객을 모두 갑판 위로 나오게 해서 줄을 세우고는 돈과 보석을 빼앗고 있었습니다. 강도들이 타고 온 헬리콥터는 갑판 위 가까운 곳에 대기하고 있었는데, 바로 선장이 지휘하는 곳 아래쪽이었습니다. 선장과 선원들은 모두 쇠사슬로 묶인 채 몸을 뒤틀고 있었습니다.

아서가 말했습니다.

"형, 우리가 도와 주자!"

아서는 원래 선장이 지휘하는 곳으로 쌩 하고 내려가, 난간 아래를 굽어 보며 강도들에게 소리쳤습니다.

"그만둬, 이 악당들! 돈과 보석을 모두 주인에게 돌려주어라!"

세상에서 가장 힘이 센 아서는 선원들을 묶은 밧줄과 쇠사슬을 단숨에 끊어 버렸습니다.

밧줄과 쇠사슬이 마치 종이 조각처럼 끊어져 나갔습니다.

강도들은 깜짝 놀라 돈이고 보석이고 모두 내던지고 비틀비틀 뒷걸음질쳤습니다.

강도 중의 한 사람이 소리쳤습니다.

"넌 도대체 누구냐?"

아서는 자기가 제일 좋아하는 만화 주인공을 떠올리며 의기양양해졌습니다. 아서는 3미터 위 공중에 뜬 채 사나운 표정을 하고 굵직한 목소리로 소리쳤습니다.

"난 마이티 아서다! 범죄자는 모두 나의 적이다!"

강도들과 승객들, 선원들 사이에서 탄성이 흘러나왔습니다.

"힘도 엄청나게 세고 날아다니기까지 하네!"

"마이티 아서가 나타날 거라곤 생각도 못 했어!"

"우린 정말 운이 좋아!"

"이건 텔레비전에 나와야 하는데!"

그 때 스탠리가 허리띠를 풀고 목욕 가운을 망토

자락처럼 휘날리며 하늘에서 내려왔습니다. 스탠리
가 소리쳤습니다.

"난 마이티 스탠리, 정의의 사자다!"

아서는 속으로 자기도 허리띠를 풀걸 그랬다고 아
쉬워하며 소리쳤습니다.

"우린 둘 다 정의의 사자들이다. 하지만 힘이 센
쪽은 나다!"

갑자기 강도 몇 명이 헬리콥터를 타고 도망치려고
했습니다. 헬리콥터는 이미 공중으로 떠오르고 있었
습니다. 하지만 아서가 어느 새 헬리콥터 바로 위까
지 날아가서, 한 손으로 헬리콥터를 눌러 다시 갑판
에 내려 놓았습니다. 강도들이 겁에 질려 헬리콥터
에서 뛰어내리자 선원들이 강도들을 붙잡아 묶었습
니다.

승객들은 더욱 놀랐습니다.

"봤어요? 마이티 아서와 마이티 스탠리를 하루에

다 보게 되다니! 텔레비전보다 더 볼 만하군요!"

두 형제는 배 위를 빙빙 돌고 있던 하라즈 왕자 쪽으로 갔습니다. 하라즈 왕자가 말했습니다.

"두 분은 뽐내는 걸 정말 좋아하는군요! 옛날에 제가 그랬던 것보다 더 심한 것 같습니다!"

세 사람이 집을 향해 출발하자, 배에 있는 승객들과 선원들이 고마움의 표시로 환호성을 질렀습니다.

"우리를 구해 준 생명의 은인 만세! 마이티 아서 만세!"

잠시 후에 이런 소리도 들렸습니다.

"마이티 스탠리도 만세!"

얼마 안 있어 배의 불빛들만 검은 바다 위에서 조그맣게 빛났습니다. 마지막 환호성은 무섭게 불어오는 바람소리에 묻혀 속삭임으로 들렸습니다.

"만세, 만세, 만세……악당들의……적……정의의……사자!"

두 형제는 가슴이 뿌듯했습니다. 하지만 모험이 너무 힘들었기 때문에, 두 형제가 살고 있는 도시가 눈에 들어오자 반가운 마음뿐 아쉬움은 없었습니다.

5. 하라즈 왕자를 위한 작별 선물

세 사람이 신나는 모험을 즐기고 방으로 돌아와 보니, 램춉 씨 부부가 초조한 표정으로 기다리고 있었습니다. 사끼리는 엄청나게 큰 그릇으로 초콜릿 과자와 우유를 섞은 스파게티 한 그릇을 먹어치우고 잠들었습니다.

램춉 부인은 달려가 두 아들을 끌어안으며 말했습니다.

"세상에! 무사히 돌아와서 다행이다!"

램춉 씨는 엄한 목소리로 말했습니다.

"어디 갔었니? 용 마스크를 쓴 분이 하라즈 왕자
인가요?"

하라즈 왕자는 마스크를 벗으면서 말했습니다.

"걱정하셨나요? 죄송합니다. 하늘을 날아 보려고 잠시 나갔다 왔습니다."

아서가 끼어들며 말했습니다.

"제 말 좀 들어 보세요! 겉으로 봐서는 잘 모르시겠지만, 전 세상에서 가장 힘 센 사람이 되었어요. 그리고……."

램춥 부인이 말했습니다.

"우선 목욕 가운하고 장갑부터 벗어라. 옷을 너무 많이 껴입어도 몸에 좋지 않아."

아이들이 옷을 벗는 동안 램춥 부인이 말했습니다.

"오늘 저녁은 정말 대단했단다! 전화가 끊이지 않고 왔어. 네 개나 되는 텔레비전 프로그램에서 나와 달라고 했고, 새로 나온 비누 광고에도 나와 달라는구나. 그런데 목욕하는 장면을 찍고 싶다고 하지 뭐니. 물론 거절했지! 그러다가 유리창이 열려 있는 걸

보고서야 너희들이 없어진 걸 알았단다! 얼마나 놀랐는지 아니?"

스탠리가 말했습니다.

"죄송해요, 엄마. 금방 돌아오려고 했는데, 신나는 일이 너무 많이 생겨서요."

모두 자리를 잡고 앉자, 스탠리는 아서가 힘이 세어진 일부터 하늘을 날 수 있게 해 달라고 빌었던 일, 비행기를 쫓아 날았던 이야기와 배에 강도가 든 이야기까지 하나하나 다 말했습니다. 스탠리의 이야기를 다 듣고 램촙 씨 부부는 한숨을 길게 내쉬었습니다.

램촙 씨가 말했습니다.

"하라즈 왕자, 소원이 이루어지면서 종종 뜻하지 않은 일이 일어나기도 하는 것 같아요."

하라즈 왕자가 대답했습니다.

"하긴 그래요. 제가 램프에 갇혀 살게 된 것도 바

로 그래서였어요."

램촙 씨가 계속 말했습니다.

"척척 바구니 일부터 그랬지요. 또 아이들 엄마는 유명해진 지 하루도 지나지 않았는데 벌써 너무 힘들어하고 있어요. 생활에 여유도 없어졌고요. 톰 맥루드의 일도 그래요. 오늘처럼 본때를 보여 줄 필요는 있었지만, 그래도 톰이 타고난 소질이 있다는 건 인정해 주어야지요. 마법을 사용해 코를 납작하게 만들었다고 생각하면 떳떳하지 못하다는 생각이 들어요."

램촙 부인도 거들었습니다.

"그리고 만약 다른 아이들이 아서가 저렇게 힘이 세어졌다는 걸 알면 겁을 낼지도 몰라요. 하늘을 나는 일도, 범죄자들과 맞서는 일도…… 정말이지 잘 생각해 봐야 할 문제예요. 가서 따끈한 코코아를 만들어 올게요. 진지하게 생각할 문제가 있을 때는 코코아가 제일이거든요."

　모두들 램촙 부인이 만든 머시멜로를 띄운 코코아
를 맛있게 마셨습니다.
　램촙 씨 가족은 조용히 앉아 코코아를 홀짝거리면
서 곰곰이 생각해 보았습니다. 하라즈 왕자는 문제

를 일으켜 죄송하다고 몇 번이나 말하면서 방 안을
왔다갔다했습니다. 사끼리는 여전히 쌕쌕 잠들어 있
었습니다.

　마침내 램촙 씨가 잔을 내려놓고 목소리를 가다듬

어 말했습니다.

"자, 모두들 주목해 주세요."

모두들 램촙 씨를 쳐다보았습니다.

램촙 씨가 말했습니다.

"하라즈 왕자, 나는 이렇게 생각해요. 요술쟁이나 마법 같은 것이 아주 먼 옛날, 먼 나라에서는 별 문제가 없었을 겁니다. 하지만 우리 가족은 이제까지 아주 평범하게 살았고, 여기는 미국이고 지금은 현대입니다. 하라즈 왕자가 우리를 즐겁게 해 준 것은 고맙지만, 지금은 이렇게 부탁할 수밖에 없을 것 같아요. 스탠리가 지금까지 빌었던 소원을 모두 없었던 일로 되돌릴 수 있나요?"

하라즈 왕자가 대답했습니다.

"그럼요, 그렇게 할 수 있습니다."

램촙 부인은 남편이 참 지혜로운 결정을 내렸다고 생각했습니다.

"여보, 당신은 정말 현명해요!"

아서는 한숨을 쉬며 말했습니다.

"전 잘 모르겠어요. 하늘을 나는 건 정말 좋은데. 하긴 힘이 너무 세면 아무도 저랑 놀려고 하지 않을 거예요."

스탠리도 말했습니다.

"전 사끼리가 제일 마음에 걸려요. 사끼리는 그냥 키우면 안 될까요?"

램촙 부인이 말했습니다.

"사끼리는 정말 사랑스러워. 하지만 하루 종일 쉬지 않고 먹어 대잖니! 우리 형편으로 사끼리를 키우는 건 힘들단다."

램촙 씨가 말했습니다.

"그래, 안타깝지만 그게 사실이다. 자, 하라즈 왕자, 어떻게 해야 하는지 말해 주세요."

하라즈 왕자는 작은 초록색 램프를 책상 위에 거

꾸로 세웠습니다.

"그런 것을 '소원 되돌리기'라고 하지요. 아마 램프 바닥에 자세한 방법이 쓰여 있을 겁니다. 한번 볼까요?"

하라즈 왕자는 램프 바닥에 새겨진 글을 차근차근 읽었습니다.

"아주 간단한 것 같아요. 각자 소원을 차례로 되돌리면 되겠네요. 제가 '맨드로노!' 하고 외치면……."

하라즈 왕자의 목소리가 갑자기 높아졌습니다.

"세상에! 이 일을 어쩌죠! 여기 있는 작은 동그라미가 보이세요? 이건 훈련용 램프예요! 더 이상 소원을 들어 드리지 못할지도 모르겠어요!"

램촙 씨가 놀라서 큰 소리로 되물었습니다.

"훈련용 램프라니요? 그게 뭡니까?"

하라즈 왕자는 침울한 표정으로 대답했습니다.

"저 같은 초보자를 위한 램프입니다. 이 램프로는

한 사람을 위해 정해진 수만큼만 소원을 들어 줄 수 있어요. 동그라미 안에 있는 15라는 숫자가 바로 제가 들어 드릴 수 있는 소원의 수입니다."

램촙 씨 가족은 동시에 소리쳤습니다.

"뭐라고요?"

"그런 이야기는 없었잖아요!"

"열다섯 개뿐이라고요?"

"어쩌면 좋아!"

하라즈 왕자가 화끈 달아오른 얼굴로 어쩔 줄 몰라하며 말했습니다.

"제발 절 너무 나무라진 마세요. 저도 몰랐어요. 훈련용 램프라니! 나를 갓난아기 취급한 거잖아!"

램촙 씨가 위로했습니다.

"누구나 다 갓난아기였던 시절이 있지요. 지금 중요한 건 15라는 숫자가 '소원 되돌리기'를 하는 데 충분한가 하는 거예요."

하라즈 왕자는 틀리지 않으려고 손가락을 꼽아 가며 그 동안 들어 준 소원이 몇 개인지 세었습니다.

"척척 바구니, 사끼리…… 이건 코끼리와 사자, 두 개로 칠 필요가 없으니 다행이네요! 그렇게 두 개, 램촙 부인을 유명하게 만든 것과 램촙 씨가 테니스를 잘 치게 만든 것, 그러면 네 개군요. 아서 군을 마이티 맨으로 만든 것까지 다섯 개, 그리고 아서 군과 스탠리 군이 하늘을 날 수 있게 한 게 다시 두 개……."

하라즈 왕자가 미소를 지었습니다.

"모두 일곱 개예요. 되돌리는 데 일곱 개가 필요하니까 합치면 열네 개입니다! 마지막 하나가 남으니까 마지막 소원을 작별 선물로 쓰면 되겠네요."

램촙 부인은 머뭇거리면서 말했습니다.

"다행이에요! 밤이 깊었지만 지금이라도 소원 되돌리기를 할 수 있겠어요?"

하라즈 왕자는 고개를 끄덕이며 대답했습니다.

"전부 한꺼번에 해 보지요. 가만 있자…… 힘 센 사람, 유명해진 것, 테니스 실력, 하늘을 나는 능력 둘. 아서 군, 준비되었죠? 안됐지만 이제는 마이티 아서가 아닙니다."

아서가 물었습니다.

"힘이 약해지는 건가요? 픽 쓰러지는 거예요?"

하라즈 왕자는 고개를 가로 저으며 큰 소리로 외

쳤습니다.

"맨드로노! 맨드로노! 맨드로노! 맨드로노! 맨드로노!"

아서는 목덜미가 뜨끔뜨끔했습니다. 쿡쿡 쑤시는 듯한 느낌이 사라진 뒤 아서는 큰 책상을 밀어 보았습니다. 책상은 꿈쩍도 하지 않았습니다.

아서가 말했습니다.

"다시 옛날의 내가 됐네요."

램촙 부인이 미소를 지으며 말했습니다.

"나도 옛날처럼 평범한 해리엇 램촙, 그다지 중요하지 않은 사람으로 돌아왔어요."

램촙 씨가 부인과 아서를 위로하며 말했습니다.

"우리에게 당신은 누구보다 중요한 사람이오. 아서야, 너도 어제만큼은 힘이 세잖니."

하라즈 왕자는 코코아를 마저 홀짝 마시고는 말했습니다.

"어디까지 했죠? 아, 그렇지……."

그러더니 척척 바구니를 보면서 큰 소리로 외쳤습니다.

"맨드로노!"

그러자 바구니가 사라졌습니다.

하라즈 왕자가 또 말했습니다.

"이제 사끼리만 남았군요."

모두들 구석에 앉아 코끼리 코로 사자의 귀처럼 생긴 귀 뒤를 북북 긁고 있는 사끼리를 바라보았습니다.

스탠리가 사끼리를 어루만지자 사끼리도 스탠리의 손을 핥았습니다.

램촙 부인이 말했습니다.

"참 순하죠! 여보, 혹시……?"

하라즈 왕자가 나서며 말했습니다.

"사끼리도 넓은 곳에서 자기 친구들과 함께 사는 게 가장 행복할 겁니다."

스탠리는 사끼리를 어루만지면서 용감하게 말했습니다.

"그렇다면 사끼리를 그런 곳으로 보내 주세요."

사끼리는 스탠리가 어루만지는 사이에 어느 새 사라져 버렸습니다.

잠시 동안 아무도 입을 열지 않았습니다.

램촙 씨가 상냥한 목소리로 말했습니다.

"참 잘했다, 스탠리. 이제 마지막 소원으로 무엇을 빌지 생각해야겠구나."

스탠리가 생각에 잠긴 동안 램촙 부인은 코코아 잔을 모으며 물었습니다.

"하라즈 왕자, 이제 어디로 가시나요?"

하라즈 왕자가 대답했습니다.

"다시 저 답답한 램프 안으로 들어가야 합니다. 또 하염없이 기다리며 지내는 날들이 이어지겠지요! 아마도 몇백 년은 기다려야 할 겁니다. 장난을 너무 심하게 친 벌이지요. 친구들이 조심하라고 했을 땐 귀담아 듣지 않았어요."

하라즈 왕자는 한숨을 내쉬었습니다.

"모제프, 알리, 벤 시파, 그리고 어린 파우즈. 정말 좋은 친구들이었는데! 램프 안에 혼자 있으면 늘 친구들 생각이 난답니다. 모두들 즐겁게 지내고 있겠죠. 신나는 놀이며 자유로운 시간……."

하라즈 왕자의 목소리가 떨렸습니다. 램춉 씨 가족은 하라즈 왕자가 너무 가엽다고 생각했습니다.

갑자기 아서에게 좋은 생각이 떠올랐습니다. 아서가 스탠리에게 귓속말로 속삭였습니다.

그러자 하라즈 왕자가 뾰로통하게 말했습니다.

"왜 귓속말을 하죠? 스탠리 군, 이제 마지막 소원을 말해 보세요. 그런 다음 저는 다시 연기와 함께 램프 속으로 들어가겠습니다."

두 형제는 서로 마주 보며 싱긋 미소를 지었습니다. 아서가 말했습니다.

"좋은 생각이지?"

"그래, 맞아!"

스탠리가 맞장구를 쳤습니다. 그리고 하라즈 왕자에게 말했습니다.

"하라즈 왕자, 제 마지막 소원은 당신이 램프에 들

어가지 않고 원래 살던 곳으로 돌아가 친구들과 함께 즐겁게 지내는 거예요. 지금부터 영원히 그렇게 살길 바랍니다!"

하라즈 왕자는 잠시 숨이 멈추는 것 같았습니다. 너무나 뜻밖이라 입이 다물어지지 않았습니다.

램촙 씨는 왕자가 기절하는 게 아닌가 걱정이 되었습니다.

"괜찮습니까? 스탠리가 당신을 자유롭게 해 줄 수 없는 건가요?"

하라즈 왕자가 아주 작은 목소리로 대답했습니다.

"아니, 아니에요. 물론 할 수 있습니다. 그런데 아무도 저를 위해 소원을 빌어 준 적이 없어요. 지금까지 단 한 번도 말입니다."

램촙 부인이 말했습니다.

"사람들은 참 이기적이에요!"

하라즈 왕자가 눈을 비비며 말했습니다.

"정말 마음이 따뜻한 가족입니다!"

하라즈 왕자의 입가에 미소가 번졌습니다.

"모두에게 감사드립니다. 이제 요술 나라에서는 램촙이라는 이름을 오랫동안 칭찬하며 기억하게 될 것입니다."

하라즈 왕자는 아주 환하게 미소를 지으면서 램촙 씨 가족 모두와 악수를 나누었습니다. 제일 마지막으로 하라즈 왕자는 스탠리와 악수했습니다. 어느새 하라즈 왕자의 모습은 조금씩 연기로 변하고 있었습니다. 하라즈 왕자가 스탠리의 손을 놓는 순간 왕자는 완전히 연기로 변해 버렸습니다.

책상 위에 놓인 램프 주위로 검은 구름이 잠시 맴도는가 싶더니 어느 새 램프 주둥이 속으로 쏙 들어가 버렸습니다.

램촙 씨 가족은 놀라움으로 잠시 램프 주위에 모여 서 있었습니다. 아서는 램프 주둥이에 입을 맞추

었습니다.

"잘 가요, 하라즈 왕자! 멋진 여행이 되길 빌어요!"

램프 안에서 아주 멀리서 나는 듯한 희미한 목소리가 들렸습니다.

"모두에게 축복이 가득하길……."

방 안에는 또다시 침묵이 흘렀습니다.

램촙 씨가 처음으로 말문을 열었습니다.

"스탠리, 네가 무척 자랑스럽구나. 네가 마지막으로 빈 소원은 정말 너그럽고 가슴이 훈훈해지는 소원이었다."

아서가 끼어들며 말했습니다.

"사실 그건 제 생각이었어요."

램촙 부인은 아서의 머리에 입을 맞추며 말했습니다.

"애들아, 이제 자야지. 내일이면 또 하루가 시작될 테니까."

스탠리와 아서가 잠자리에 들자 램촙 부인이 불을 껐습니다.

스탠리가 졸리는 목소리로 말했습니다.

"엄마, 사실 램프는 엄마 생일날 깜짝 놀라게 해 드리려고 준비한 선물이었어요. 이젠 놀라게 해 드릴 선물이 없어요."

램촙 부인이 말했습니다.

"램프는 정말 갖고 싶은 선물인걸. 게다가 하라즈 왕자가 나타나서 얼마나 즐거웠는지 몰라. 얘들아, 잘 자거라."

램촙 씨 부부는 두 아이에게 입을 맞추고 방에서 나갔습니다.

두 형제는 깜깜한 어둠 속에서 한참 동안 아무 말 없이 누워 있었습니다.

스탠리가 한숨을 쉬며 말했습니다.

"사끼리가 조금 보고 싶기는 하지만 나머지 일들

은 별로 아쉽지 않아."

아서도 하품을 하며 말했습니다.

"나도 그래. 할 수 없지 뭐, 형. 잘 자."

스탠리도 인사를 했습니다.

"그래, 잘 자라."

"맨드로노……."

아서가 중얼거렸습니다. 어느 새 두 형제는 깊은 잠에 빠져들었습니다.

옮긴이의 말

어느 날 여러분에게 뜻밖에도 요술램프가 생겼다고 상상해 보세요.

생각만 해도 가슴이 떨리지 않습니까? 무엇이든지 다 이루어진다면 과연 어떤 소원을 빌고 싶으세요? 세 가지이든 일곱 가지이든 정해진 수만큼만 소원을 빈다면 말입니다.

한밤중에 게시판이 몸에 떨어져 납작이가 되었던 스탠리, 그런 스탠리에게 이번에는 요술램프가 생겼답니다. 바닷가에서 우연히 주운 주전자같이 생긴 물건이 요술램프였던 것입니다. 이렇게 해서 스탠리는 요술램프에 갇혀 있던 하라즈 왕자를 만나게 됩니다. 요술 나라의 하라즈 왕자는 너무나 장난이 심해 천 년 동안 요술램프에 갇혀 지내는 벌을 받고 있었지요.

요술램프의 주인이 된 스탠리는 원하는 것은 무엇이나 이룰 수 있고 가질 수 있는 행운을 얻게 됩니다. 사끼리라는 희한한 애완동물도 생기고, 엄마를 유명한 사람으로 만드는가 하면, 아빠에게 놀라운 테니스 실력을 선물하기도 합니다. 형 스탠리 덕분에 아서는 세상에서 가장 힘 센 사람이 되어, 형과 함께 하늘을 날아다니며 신나는 모험을 즐깁니다. 하지만 램촙 씨 가족은 결국 다시 평범한 생활로 돌아가기를 원합니다. 그 이유는 무엇일까요?

스탠리와 아서는 신나는 모험을 즐긴 후 마지막으로 아주 멋진 소원을 빕니다. 마지막 소원은 무엇일까요?

이제 스탠리와 함께 마법의 세상으로 날아가 보세요.

지혜연